JN242318

魔《ま》女《じょ》ののろいアメ

草野あきこ　作
ひがしちから　絵

PHP

「おねえちゃんなんか、だいきらい」
サキは、小石《こいし》を　けりながら　歩《ある》いていました。かたに
かけている　バッグには　本《ほん》が　十五《じゅうご》さつも　入《はい》っていて、
重《おも》くて　たまりません。
今日《きょう》までに　返《かえ》さなくては　ならない　図書館《としょかん》の
本《ほん》です。サキが　かりた　本《ほん》が　五《ご》さつと、おねえちゃんが
かりた　本《ほん》が　十《じっ》さつ　あります。

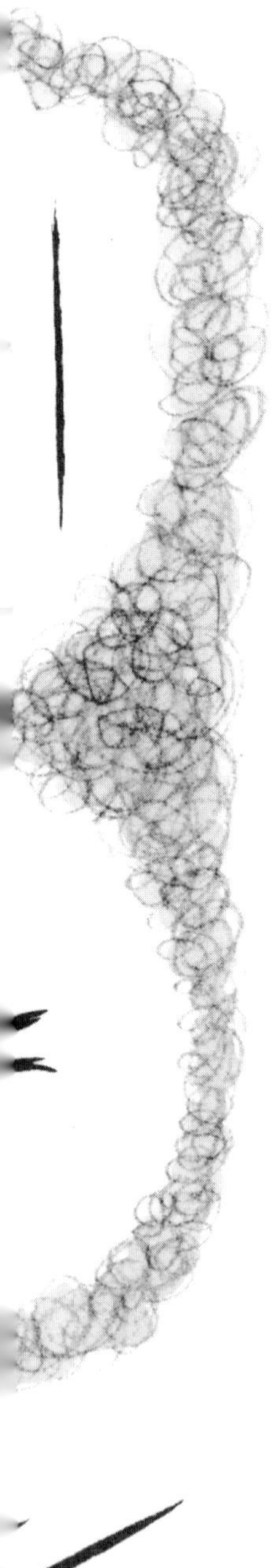

「おねえちゃんは、自分《じぶん》で　返《かえ》すって　いってたくせに」
日曜日《にちようび》、おねえちゃんは　お昼《ひる》ごはんを　食《た》べおわると、
さっさと　お友《とも》だちの　ところへ　遊《あそ》びにいって、まだ
帰《かえ》ってきません。
「おねえちゃんが　いつ　帰《かえ》ってくるか　わからないから、
サキが　返《かえ》してきてちょうだいね」
お母《かあ》さんは、図書館《としょかん》と　反対方向《はんたいほうこう》へ　買《か》いものに
いってしまいました。

「おねえちゃんの、ばか」
コン。
サキは　小石《こいし》を
けとばしました。
「ばかばかばかばか」
コツンッ。
強《つよ》く　けとばすと、
小石《こいし》は　歩道《ほどう》を
ころころ
転《ころ》がっていきました。

カァー
すぐ　そばで
聞《き》こえた　カラスの
鳴《な》き声《ごえ》に、サキは
おどろいて
顔《かお》を　あげました。

歩道《ほどう》に　いつもは　ない　小《ち》さな　屋台《やたい》が　ひとつ
でていて、その屋根《やね》の　上《うえ》に　とまっている　カラスが、
サキを　見《み》おろしていました。屋根《やね》には、『アメ屋《や》』と
書《か》かれています。
屋台《やたい》の　向《む》こうがわに、黒《くろ》い　ぼうしを　かぶって
メガネを　かけた　おばあさんが　立《た》っていました。
おばあさんは、手《て》まねきしながら　いいました。
「おじょうちゃん、アメ　いらないかい？」
屋台《やたい》の　台《だい》には、ぼうつきの　アメが　十数本《じゅうすうほん》ほど、
さして　立《た》てられていました。

アメ屋
アメ屋
おいしい
アメ屋
りんご
バ
レモン
グレープ
いちご
ソーダ
ピーチ

ピー

「わあ、かわいい。お花《はな》が　さいているみたい」
いちごくらいの　大《おお》きさの　丸《まる》い　アメで、ピンク色《いろ》や
むらさき色《いろ》の　紙《かみ》で　つつまれています。
アメの　前《まえ》には、いちご、グレープ、ソーダなどと
書《か》かれています。
「もうすぐ　店《みせ》じまいだから、おまけして　ひとつ　十円《じゅうえん》で
いいよ」
サキは　さっと　ズボンの　ポケットに　手《て》を　入《い》れて、
お金《かね》を　取《と》りだしました。前《まえ》に　おやつを　買《か》った
おつりが、二十円《にじゅうえん》　のこっていました。

「なに味《あじ》が　すきかい？」
「ええとね、いちご味《あじ》」
一番《いちばん》は
グレープ味《あじ》は
にがてだけど、
ソーダ味《あじ》や　バナナ味《あじ》も
おいしそうです。
「おねえちゃんが
すきなのは、
なに味《あじ》だい？」

「おねえちゃんは、
グレープ……」
サキは　おばあさんの
顔《かお》を　見《み》ました。
どうして、
おねえちゃんが
すきな　味《あじ》まで
聞《き》くのでしょう？
おばあさんは、
にこにこ　わらっています。

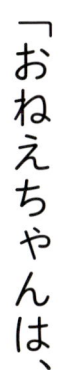

「おじょうちゃんに　おすすめの、とっておきの　アメが
あるんだけどね」
「えっ、とっておきの　アメ？」
おばあさんは「そうだよ」と　いいながら、屋台《やたい》の
うらがわから　何《なに》かを　取《と》りだしました。
「大《だい》サービス。ええと……」
おばあさんは　サキが　持《も》っている　二《に》まいの　十円玉《じゅうえんだま》を
ちらりと　見《み》て、「二十円《にじゅうえん》で　いいよ」と　いいました。

アメ屋
いちご
ソーダ
ピーチ

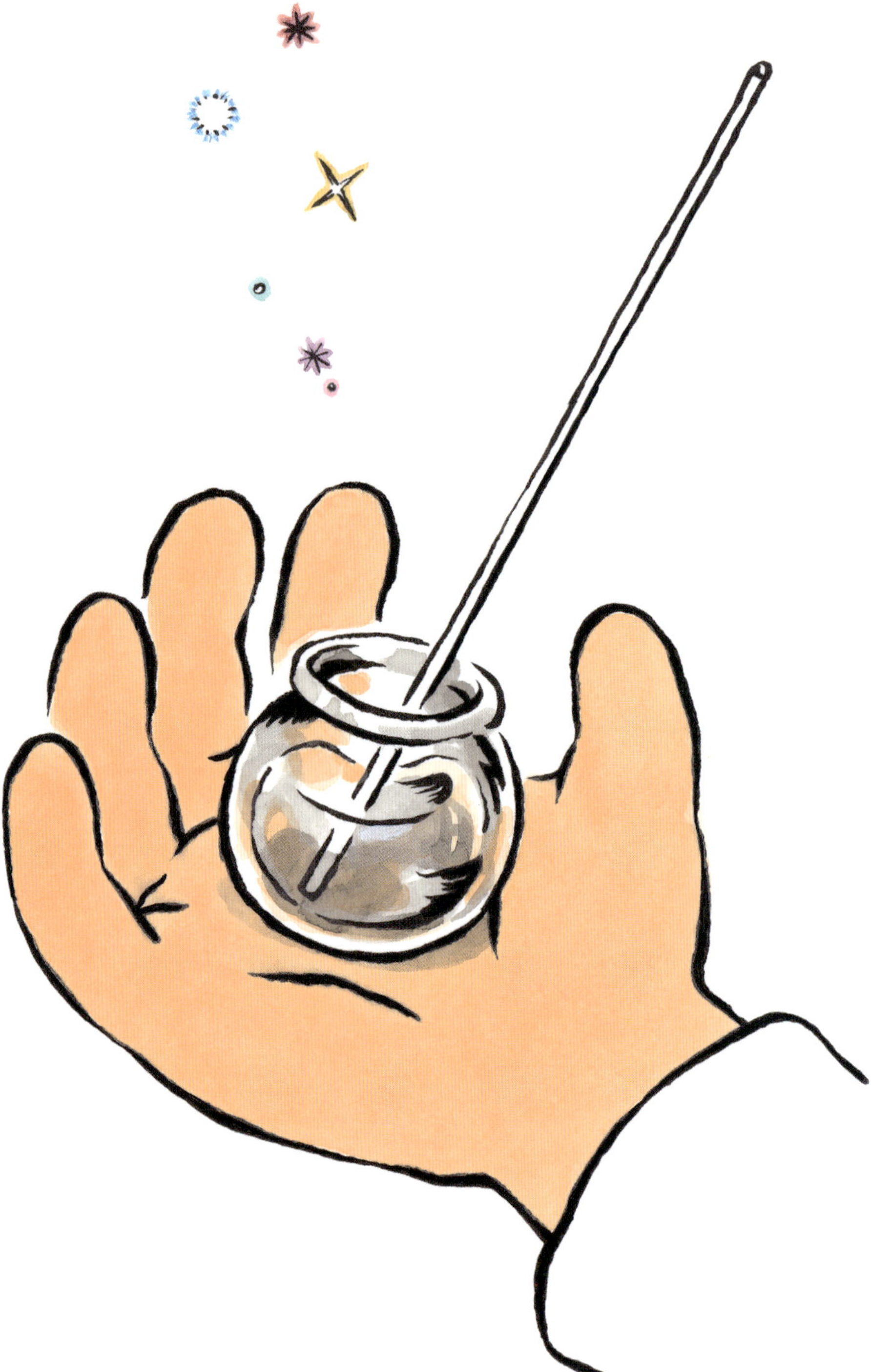

二十円《にじゅうえん》と　こうかんしたのは、サキの　かたほうの　手《て》の
ひらに　ころんと　のっかるくらいの、丸《まる》くて　小《ちい》さな
ビンでした。ビンの　底《そこ》の　ほうには　とうめいの
のりの　ような　どろっとしたものが　入《はい》っていて、屋台《やたい》の
アメに　ついているのと　そっくりな　白《しろ》くて　細《ほそ》い
ぼうが　一本《いっぽん》　ささっていました。
「これが、アメなの？」
「そうさ。これは、とっても　めずらしい、アメなんだよ」
おばあさんは　屋台《やたい》の　向《む》こうから　からだを
乗《の》りだしてきて、ささやきました。

「実《じつ》は、あたしはね、
魔女《まじょ》なんだよ」
「ええーっ」
おどろいた　ひょうしに、
サキの　手《て》のひらから
アメの　ビンが
転《ころ》がりおちてしまいました。
「おおっと」
おばあさんは、
すばやく　右手《みぎて》の

人《ひと》さしゆびで、宙《ちゅう》に
くるりと　円《えん》を
えがきました。
　すると、地面《じめん》に
ぶつかりそうだった
アメの　ビンが
ぴたりと　止《と》まり、
ひとりでに　動《うご》いて
サキの　手《て》のひらへ
もどってきました。

魔女《まじょ》の　おばあさんは
「シーッ」と　いって、
人《ひと》さしゆびを　自分《じぶん》の
口《くち》の　前《まえ》に　立《た》て、
ウインクしてみせました。
中学生《ちゅうがくせい》の
おねえさんたちが、
「アメ屋《や》さんだ」
「食《た》べたいね」
などと　いいながら

通《とお》りすぎていきます。
サキは　こわくなって、
屋台《やたい》から
遠《とお》ざかろうと
しました。
「ちょっと
待《ま》っておくれ。
しんぱい　いらないよ、
あたしは
いい魔女《まじょ》なんだから」

「本当《ほんとう》？」

「もちろんさ。おじょうちゃんは、いい子《こ》の　ようだね。あたしは　いい子《こ》が　だいすき。でも、おねえちゃんは、あまり　いい子《こ》じゃないみたいだねぇ」

サキは　うなずきました。

魔女《まじょ》は「よく　お聞《き》き」といって、話《はな》しはじめました。

「おじょうちゃんに　わたした　アメは、『のろいアメ』というんだ。その白《しろ》い　ぼうで　中身《なかみ》を　まぜると、だんだんかたまって　かたい　アメに　なるんだよ。だけどね」

魔女《まじょ》は、小声《こごえ》で　つづけます。

「だれかさんの　悪口《わるぐち》を　十《じっ》こ　いいながら、
まぜなくちゃならないんだ」
「えっ、悪口《わるぐち》を？」
サキは、むねが　どきどきしてきました。
「そうさ。十《じっ》この　悪口《わるぐち》で　できた　のろいアメは、
そりゃもう　苦《にが》くて　からくて　すっぱくて、あまりの
まずさに、食《た》べた　人《ひと》は　気《き》絶《ぜつ》して、まる一日《いちにち》、目《め》が
さめないんだよ」
気《き》絶《ぜつ》するなんて、こわいことの　ような　気《き》が　します。

「おねえちゃんの
悪口《わるぐち》で　作《つく》った
のろいアメを、
おねえちゃんに
食《た》べさせてやると
いいよ」
「え、でも……」
　サキは　頭《あたま》を
横《よこ》に　ふりました。
「だいじょうぶ。

気絶《きぜつ》したって
一日《いちにち》だけなんだから。
妹《いもうと》に　重《おも》い　本《ほん》を
全部《ぜんぶ》　持《も》たせる　悪《わる》い
おねえちゃんには、
少《すこ》しくらい　ばつを
あたえなくちゃ」
　サキの　かたは
さっきから、じんじんと
いたんでいます。

「さあさ、できた　アメは、この紙《かみ》で　つつむと　いいよ」
魔女《まじょ》が　さしだした　むらさき色《いろ》の　紙《かみ》を、サキは
受《う》けとっていました。屋台《やたい》で　売《う》られている　アメのと
同《おな》じ　つつみ紙《がみ》の　ようです。
「いいね、悪口《わるぐち》を　十《じっ》こだよ」
サキは　うなずいて　屋台《やたい》から　はなれ、図書館《としょかん》の
ほうへ　歩《ある》いていきました。
屋根《やね》の　カラスも　サキを　見送《みおく》っています。

「あの子《こ》に　わたした
のろいアメが
うまくいったら、
もっと　強力《きょうりょく》な
のろいアメを　作《つく》って、
たくさんの　人間《にんげん》たちに
ばらまくのさ。
あっちこっちで
人間《にんげん》たちが　ばたばた
気絶《きぜつ》するなんて、

ああ、そうぞうしただけで
ぞくぞくするよ。クックック」
魔女《まじょ》は　カラスに
いいました。
「さあ、あの子《こ》と
ねえさんの　ようすを、
しっかり　見《み》ておいで」
カァー
カラスは　ひと声《こえ》
鳴《な》いて　飛《と》びたちました。

サキは　図書館《としょかん》に　くると、本《ほん》を　返《かえ》してから、だれもいない　中庭《なかにわ》の　ベンチに　すわりました。
左手《ひだりて》に　のろいアメの　ビンを　のせ、右手《みぎて》で　白《しろ》いぼうを　持《も》ちました。
「ええと、悪口《わるぐち》を　十《じっ》こ」
おねえちゃんへの　悪口《わるぐち》は、十《じっ》こどころか　二十《にじっ》こでも　三十《さんじっ》こでも　いえそうです。まず　一《ひと》つ目《め》は……。
「おねえちゃんは、いばりんぼう」
そういいながら、ぼうで　ビンの　中身《なかみ》を　くるくるまぜました。

いばりんぼう
ふふん

「図書館《としょかん》の　本《ほん》を　自分《じぶん》で
返《かえ》してこなかったから、
ずるーい。それに」
おねえちゃんが、サキの
おかしを　かってに
食《た》べてしまったのに、
食《た》べてないよと
いいはったことを
思《おも》いだしました。
「くいしんぼうで　うそつき」

朝《あさ》は、何回《なんかい》
お母《かあ》さんに
おこされたって
おきてきません。
「ねぼすけ」
ビンの　中身《なかみ》が
少《すこ》しずつ
かたまってきて、
とうめいだった　アメに
むらさき色《いろ》が　まじってきました。

前《まえ》に、
おねえちゃんの
服《ふく》を　少《すこ》し
かりただけなのに、
すごく
おこられたことも
ありました。
「おこりんぼうだ。
あっ　でも」

サキが　同《おな》じ
クラスの　男の子《おとこのこ》に
からかわれていたら、
どこからか
あらわれて
男の子《おとこのこ》を
おこってくれました。
「あのときは、
強《つよ》くて　かっこいい
おねえちゃんだったけど」

サキが
買《か》いおきしていた
けしゴムを
持《も》っていってしまった
ことが　あります。
おねえちゃんは、
自分《じぶん》の　おこづかいが
へるのが　いやなのです。
「すごーく　けち。
……でも」

サキが　熱《ねつ》を　だして
ねこんでいたら　そっと
そばに　きて、「元気《げんき》に
なったら　サキが
ほしがっていた　ゆびわを
あげる」と　いってくれました。
「あの　ゆびわは　おねえちゃんも
大事《だいじ》に　していたのに、
わたしが　元気《げんき》に　なる前《まえ》に、
まくらの　とこに　おいてくれていた」

今《いま》、いくつの　悪口《わるぐち》を
いったでしょう。
のろいアメは
ねんどくらいに
かたくなって、
どんどん
むらさき色《いろ》に
そまってきています。
「ええと、あとは。
そうだ、ブス」

そういってしまうと、
おねえちゃんが
かわいそうに
思《おも》えました。
「ううん、
おねえちゃんは、
ブスっていうか、
ええと、ちょっと、
顔《かお》が　たぬきに
にているだけかな」

おねえちゃんは　サキに、「一年生《いちねんせい》にも　なって
そんなことも　わからないの」とか、「小学生《しょうがくせい》にも　なって
すぐに　なくんだから」と、よく　いいます。
「おねえちゃんは　いじわる。……でも」
サキが　ゆびを　けがして　ないていたら、
ばんそうこうを　はってくれたことが　ありました。
「ときどきは、やさしいんだけど」
のろいアメが　ますます　かたくなって、力《ちから》を
こめないと　ぼうが　動《うご》かなくなりました。
たくさん　あるはずだった　おねえちゃんへの　悪口《わるぐち》が、

なかなか　思《おも》いつきません。

「ええと
ええと、
おねえちゃんは、
うーんと
うーんと……」
サキは、
いっしょうけんめい
考《かんが》えました。

「ばか！」
スポンッ。
まぜていた
ぼうが　ビンから
ぬけました。
ぼうの　先《さき》には　すっかり
かたくなった　アメが、まあるく
くっついています。こい　むらさき色《いろ》と　うすい
むらさき色《いろ》の　マーブルもようです。鼻《はな》を　近《ちか》づけると、
グレープの　においが　しました。

サキは、魔女《まじょ》から　もらった　むらさき色《いろ》の　紙《かみ》で、アメを　つつみました。

屋台《やたい》で　売《う》っていた、かわいい　アメ　そっくりです。

これを　おねえちゃんが　食《た》べたら……。

気絶《きぜつ》して、一日《いちにち》ずっと　目《め》が　さめないんだ。

たおれるとき　地面《じめん》で　頭《あたま》を　打《う》ったり　木《き》のえだで顔《かお》を　ひっかいたりするかも。

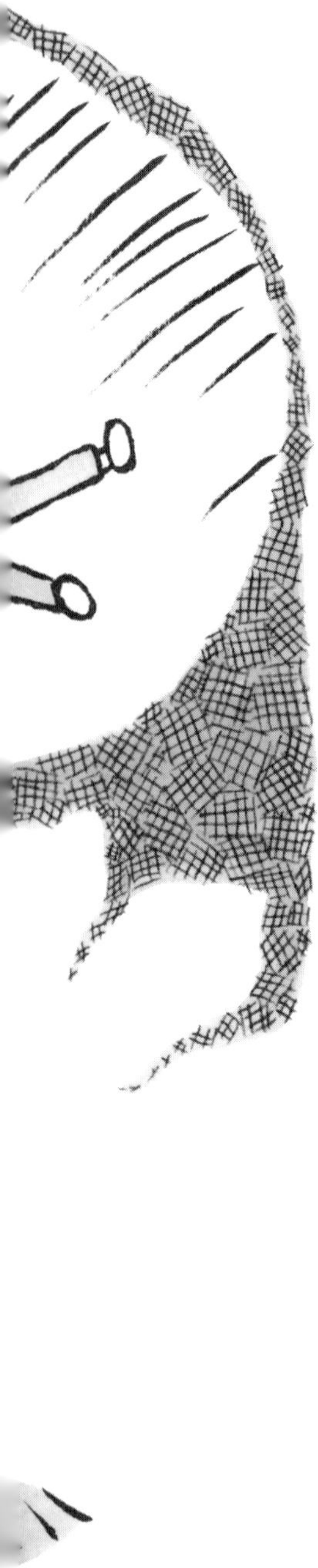

「サキッ」
いつの間《ま》にか、おねえちゃんが　中庭《なかにわ》に
入《はい》ってきていました。
サキは　あわてて　立《た》ちあがりました。
「だめじゃない。用《よう》が　終《お》わったら　さっさと
帰《かえ》ってこなくちゃ」
おねえちゃんは　やっぱり　おこりんぼうです。
「でも、おねえちゃんの　本《ほん》だって、いっぱい　あったのに」
おねえちゃんは　ベンチの　ところに　歩《ある》いてくると、
いいました。

「今度《こんど》は、わたしが
サキの　本《ほん》も
返《かえ》しにくるから。
ほら、早《はや》く　帰《かえ》ろう」
おねえちゃんは
サキの　手《て》を
取《と》ろうとしました。
「あれ？　なに、
そのアメ」
サキが　あわてて

せなかに
かくそうとした
アメを、おねえちゃんが
すばやく
取《と》りあげました。
「どうしたの、これ？」
「ア、アメ屋《や》さんで
買《か》ったの。図書館《としょかん》に
くる　とちゅうに
屋台《やたい》が　でていたから」

「わたしが　通《とお》ったときは、そんな　屋台《やたい》
なかったけどな」
おねえちゃんは　アメの　においを　かぎました。
「うわあ、グレープの　においだ。おいしそう」
くいしんぼうが　出《で》てきました。
「ねっ、これ、ちょうだい。かわりに　ちがう　アメを
あげるから」
「えっ、だめだよ」
サキが　アメを　取《と》りかえそうと　すると、
おねえちゃんは　アメを　持《も》った　手《て》を　高《たか》く　上《あ》げました。

「いいじゃないの。どうせ　サキは　グレープ味《あじ》、きらいなくせに。なんで　きらいなもの　買《か》ったのよ」

おねえちゃんの　もう一方《いっぽう》の　手《て》が、アメの　つつみ紙《がみ》をつかみかけました。

「だめだめ、食《た》べちゃ　だめーっ」

サキが　ジャンプして　おねえちゃんの　手《て》をつかまえると、はずみで、アメが　ぽんと　飛《と》びだしました。

「あっ」

「ああーっ」

アメは　中庭《なかにわ》の　さくに　当《あ》たって　はね上《あ》がり、

となりの　家《いえ》の　庭《にわ》に　入《はい》ってしまいました。

サキと　おねえちゃんは　急《いそ》いで　さくの　間《あいだ》から

のぞいてみましたが、うえこみの　木《き》ぎが　見《み》えるばかりで
アメが　どこに　落《お》ちたのかも　わかりません。
「サキってば、そんなに　わたしに　食《た》べさせるのが
いやだったの？」
「ううん、ちがう。だって、あれは　のろいアメなんだもの」
サキは　つい、本当《ほんとう》の　ことを　いってしまいました。
「のろいアメ？　なによ　それ。ちゃんと
せつめいしなさい！」
おねえちゃんに　きつく　いわれて、サキは、魔女《まじょ》から
買《か》った　のろいアメの　ことを　話《はな》しました。

「ふうん、悪口《わるぐち》を　十《じっ》こ
いいながら　まぜて
できた　アメなんだ」
「うん」
「わたしの　悪口《わるぐち》を
十《じっ》こも　いったんだ」
「……うん」
おねえちゃんは、
バッグを　持《も》ち、サキの
手《て》を　引《ひ》きました。

お日《ひ》さまが
しずみかけて、
町《まち》が　オレンジ色《いろ》に
そまっています。
「それで、どんな
悪口《わるぐち》を　いったの？」
「ええと……、
いばりんぼう」
サキは　おそるおそる、おねえちゃんの　顔《かお》を　見《み》ました。
おねえちゃんは　まっすぐ　前《まえ》を　向《む》いています。

「あとは？」
「うーんと……」
サキは　のこりの
悪口《わるぐち》を　思《おも》いだして、
じゅんばんに
いいました。
ブスって
いったところは、
たぬき顔《がお》って
いいかえましたけど。

「さいごに　いったのがね、……ばか」

「ふうん」

おねえちゃんは　それっきり、
だまってしまいました。

「おねえちゃん、おこった？」

「おこったよ」

「ごめんなさい」

しばらく　歩《ある》いてから、おねえちゃんが　ぽつりと
いいました。
「でもね、なんでだろう？　悪口《わるぐち》は　すごく　頭《あたま》に　きても、
サキのことは　きらいに　ならないんだ」
「えっ、本当《ほんとう》？
そういえば……」
わたしも
同《おな》じかもしれないと、
サキは　思《おも》いました。
「それとね、サキ。

知《し》らない　人《ひと》から
変《へん》なもの
買《か》っちゃ　ダメだよ」
「人《ひと》じゃないよ、
魔女《まじょ》だよ」
「魔女《まじょ》でも　だめ！」
おねえちゃんが
きっぱり　いいました。
「うん、わかった」

向《む》こうから、お母《かあ》さんが　自転車《じてんしゃ》を　こいでくるのが見《み》えました。前《まえ》かごには　買《か》いものした　ものが、たくさんのっています。

お母《かあ》さんは、サキと　おねえちゃんに　気《き》づいて、手《て》をふっています。

「お母《かあ》さんってば、手《て》を　ふりながら　のっているから自転車《じてんしゃ》が　ふらついてるよ」

「あぶないねぇ」

ふたりは、お母《かあ》さんの　ほうへ　走《はし》っていきました。

近《ちか》くの　電線《でんせん》に、カラスが　とまっていました。
くちばしには、うえこみから　ひろいあげた　のろいアメを
くわえています。
カラスは　ふたりの　ようすを　見《み》とどけると、
飛《と》んでいきました。

そのころ　魔女《まじょ》は
自分《じぶん》の　家《いえ》で、毎日《まいにち》
楽《たの》しみにしている
お茶《ちゃ》の　用意《ようい》を
していました。
「仕事《しごと》が　うまくいった
あとの　お茶《ちゃ》は、
とくべつ　おいしいのさ」
屋台《やたい》の　アメは
売《う》りきれました。

あのとき　通《とお》りかかった
中学生《ちゅうがくせい》の　女《おんな》の子《こ》たちが
もどってきて、全部《ぜんぶ》
買《か》っていったのです。
「そのうえ、のろいアメまで
あの子《こ》に　わたすことが
できたからね」
鼻歌《はなうた》を　歌《うた》いながら、
カップに　熱《あつ》い
こう茶《ちゃ》を　そそぎました。

「あの子《こ》の　ねえさんは、もう　のろいアメを
食《た》べたんだろうかね。どんなふうに　気絶《きぜつ》したんだろう」
ていさつに　いった　カラスが　もどってくるのが、
まちどおしくて　たまりません。
「その　ようすを　記録《きろく》して、次《つぎ》の　のろいアメの　研究《けんきゅう》に
役立《やくだ》てなくては」
魔女《まじょ》は　クッキーの　かんを　開《あ》けて、チッと
したうちしました。
「そうだ、きのう、食《た》べてしまったんだった。せっかくの
ティータイムに　おかしが　ないなんて、がっかりだよ」

魔女《まじょ》が　イスに　すわって　こう茶《ちゃ》を　すすっていると、
まどから　カラスが　飛《と》びこんできました。
「ずいぶんと　おそかったじゃないか」
カラスは　魔女《まじょ》の　向《む》かいがわの、イスの　せもたれに
とまりました。
カァー
ひと鳴《な》きしたとたん、くわえていた　アメが　ぽろりと
テーブルに　落《お》ちて　転《ころ》がりました。
「あれまあ、アメが　ひとつ　のこっていたのかい。
ちょうど　よかった。ありがとよ」

魔女《まじょ》は　アメの
つつみ紙《がみ》を　開《あ》けました。
カァーッ　カカァーッ
「なにが、だめなんだい？
あたしは　あまいものが
ほしかったんだよ」
魔女《まじょ》は　アメを　口《くち》に
入《い》れて　なめた　しゅんかん、
はっと　気《き》づきました。
このアメ、

マーブルもようを
していた。屋台《やたい》の　アメは
こいむらさき色《いろ》なのに……。
これは、あの子《こ》に
わたした　のろいアメだ！
カカカカァー
カラスが　あわてて
つばさを
バサバサさせていますが、
もう　おそい。

魔女《まじょ》の　口《くち》の
中《なか》に　じんわりと、
アメの　味《あじ》が
広《ひろ》がっていきました。
ああ、しまった。
苦《にが》くて　からくて
すっぱくて、
気絶《きぜつ》してしまうくらい
まずい……。
「おや？」

魔女《まじょ》は、アメを
口《くち》から　だして
じっくり　ながめました。
のろいアメに
まちがいありません。
「そんなに、まずくは
ないねぇ。のろいアメの
くせに、あまい味《あじ》まで
したよ」
首《くび》を　かしげました。

「これは、どうしたことだろう？　あの子《こ》の　のろいの
かけ方《かた》が、おかしかったんだろうか。あの子《こ》、ちゃんと
悪口《わるぐち》を　いったのかね」
カカァー
「ふしぎだねぇ。
よし、お前《まえ》が
見《み》てきたことを、
じっくり
聞《き》かせておくれよ」
魔女《まじょ》は　こう茶《ちゃ》の

カップを　口《くち》に
運《はこ》びました。

作　草野あきこ（くさの・あきこ）

福岡女子短期大学音楽科卒業。第32回福島正実記念SF童話賞大賞受賞。『おばけ道、ただいま工事中⁉』（岩崎書店）でデビュー。同作品で第49回日本児童文学者協会新人賞を受賞。主な作品に『三年三組黒板の花太郎さん』（岩崎書店）などがある。

絵　ひがしちから

大分県生まれ。筑波大学芸術専門学群視覚伝達デザイン科卒業。2004年、第５回ピンポイント絵本コンペで優秀賞を受賞。受賞作をもとにつくった『えんふねにのって』（ビリケン出版）で、2006年に絵本作家デビュー。主な作品に『ぼくのかえりみち』『いま、なんさい？』（以上、BL出版）、『ぼくひこうき』（ゴブリン書房）、『おじいちゃんのふね』（ブロンズ新社）、『おむかえ』（佼成出版社）などがある。

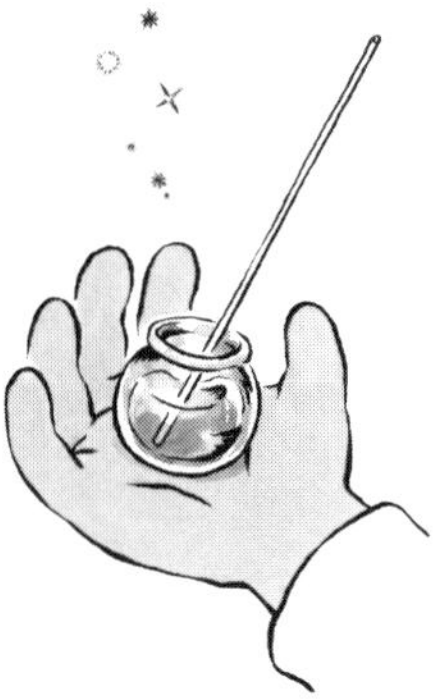

魔女《まじょ》ののろいアメ

2018年 10月29日　第１版第１刷発行
2019年 ４月17日　第１版第２刷発行

作　草野あきこ
絵　ひがしちから
発行者　後藤淳一
発行所　株式会社 PHP研究所
東京本部　〒135-8137　江東区豊洲 5-6-52
児童書出版部　☎ 03-3520-9635（編集）
普及部　☎ 03-3520-9630（販売）
京都本部　〒601-8411　京都市南区西九条北ノ内町 11
PHP INTERFACE　https://www.php.co.jp/
印刷所　図書印刷株式会社
製本所　東京美術紙工協業組合
制作協力・組版　株式会社 PHPエディターズ・グループ
装　幀　本澤博子

© Akiko Kusano & Chikara Higashi 2018 Printed in Japan

ISBN978-4-569-78810-4

※本書の無断複製（コピー・スキャン・デジタル化等）は著作権法で認められた場合を除き、禁じられています。また、本書を代行業者等に依頼してスキャンやデジタル化することは、いかなる場合でも認められておりません。
※落丁・乱丁本の場合は弊社制作管理部（☎ 03-3520-9626）へご連絡下さい。送料弊社負担にてお取り替えいたします。

NDC913　79P　22cm

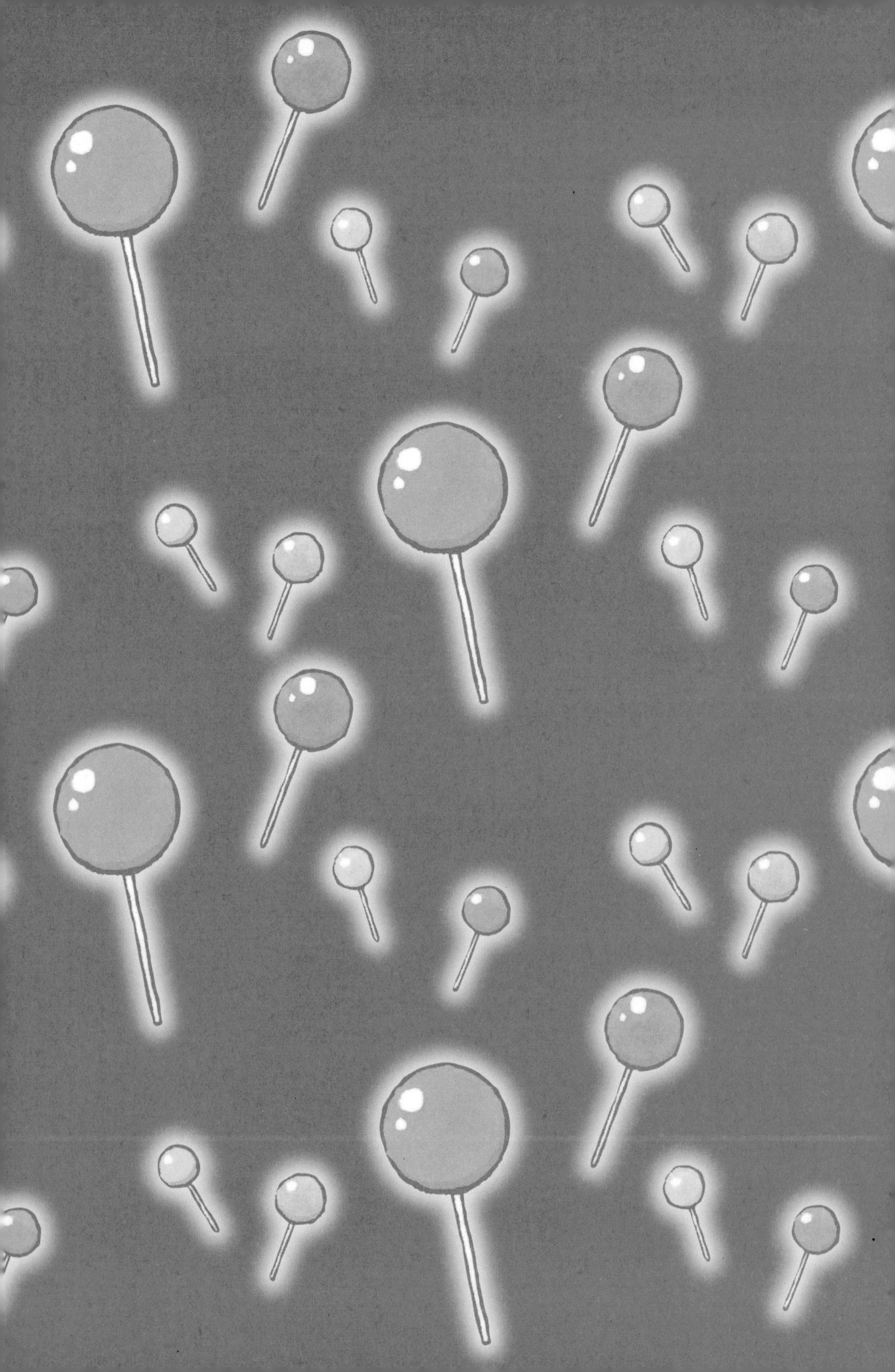